# TIPHAINE

AVEC UNE PRÉFACE

PAR

ALEXANDRE DUMAS FILS

PARIS

CALMANN LÉVY, ÉDITEUR

M DCCC LXXX

# TIPHAINE

1605-80. — Corbeil, typ. et stér. Crété.

# TIPHAINE

PRÉFACE

PAR

ALEXANDRE DUMAS FILS

PARIS

CALMANN LÉVY, ÉDITEUR

1880

# AU LECTEUR

Trois personnes seulement pourraient dire le nom de l'auteur de *Tiphaine;* ces trois personnes sont : l'auteur d'abord, l'héroïne, et moi. Ni l'auteur, ni l'héroïne ni moi ne le révélerons et voici pourquoi : l'histoire est vraie ; tous les personnages sont vivants, dans de très hautes situations. Il y a là un mari heureux, délicat, honorable à tous égards, aimé de sa femme et dont la dignité et la confiance doivent être respectées ; il y a là une femme dont la réputation irréprochable ne doit pas être effleurée par le plus léger soupçon ; il y a là un héros, l'auteur bien entendu, aujourd'hui marié, père de famille, occupé de travaux sérieux où il est passé maître ; car il est célèbre et voilà justement pourquoi il doit rester inconnu. Est-ce un artiste ? Un politique ? Un savant ? Un orateur ? Un homme de guerre ? Je ne vous le dirai pas ; il est un des plus éminents dans sa carrière et vous la dire serait vous le nommer. Mon intérêt à moi est aussi de vous cacher ce nom ; il se trouvera des gens pour m'attribuer et le récit et l'aventure, et j'ai tout à gagner à cette erreur, le récit étant charmant et l'aventure agréable ou plutôt originale, car le véritable agrément n'est pas en définitive pour le héros. Enfin ne comptez pas sur l'éditeur de ce petit livre, Calmann Lévy, pour dévoiler tôt ou tard le nom de l'auteur : il ne le connaît pas non plus.

Il insistait pour être mis dans la confidence, un peu blessé de l'ignorance où je le laisse ; il s'engageait à garder le secret ; il l'eût gardé ; j'ai refusé avec obstination, moi aussi je m'étais engagé à me taire : « Plus ce sera un secret pour vous-même, lui ai-je dit, mieux vous le garderez. » Il s'est rendu à ce raisonnement, excellent du reste. Maintenant, me direz-vous à votre tour : tant de bonnes raisons étant données pour la discrétion, pourquoi n'avoir pas gardé le silence absolu ? C'eût été bien plus simple.

C'est vrai ; mais les choses se sont passées autrement et à l'insu même de l'auteur, pour ainsi dire.

Cet épisode charmant dont vous allez prendre connaissance a eu une influence extraordinaire sur toute sa vie; il a produit des événements inattendus dont les conséquences seront éternelles et incalculables dans le mouvement universel de l'humanité. Il aimait Tiphaine, ce n'est pas douteux; Tiphaine l'aimait aussi ; ils étaient faits l'un pour l'autre, leur union était logique, désirable, possible. Un aveu trop accentué de la part de l'homme, une délicatesse trop raffinée peut-être, de la part de la femme, et tout est changé dans les espérances et dans les combinaisons de l'avenir. Voilà Tiphaine mariée peu de temps après à un autre homme ; voilà Percin marié plus tard à une autre femme ; des deux côtés naissent, vivent, se marient à leur tour des enfants dont la naissance, le sexe, la destinée eussent été autres sans ce petit incident de la voiture, incident contenu, comme temps, dans quelques secondes, comme espace, dans quelques millimètres. Combien de choses sont arrivées et arriveront encore dans le monde et jusqu'à la fin des siècles, à cause de cela, puisque tout cela est vrai. N'y a-t-il pas là un enseignement, un conseil, matière à réflexions de toutes sortes, et, pour le héros, au milieu de ses graves occupations, occasion de se souvenir, de redevenir plus jeune pendant quelques jours, de rêver et de s'épancher ? Pourquoi ne pas se donner ce plaisir, à soi et à d'autres, personne ne devant en souffrir, puisque les noms restent inconnus ? Bref, Percin n'a pu résister au désir, au besoin d'écrire cette histoire ; il me l'a lue, et comme elle m'intéressait, il m'a demandé de la présenter au public dans les conditions où je le fais aujourd'hui.

Là s'arrêtent mes informations personnelles. Il ne m'en a pas dit et je ne lui en ai naturellement pas demandé davantage. Je ne connais pas Tiphaine, je ne l'ai jamais vue ; je la rencontre, je lui parle peut-être quelquefois sans la deviner. Elle a eu connaissance du manuscrit ; elle a consenti à sa publication. Elle est femme, jeune et jolie ; elle est femme ; elle se fait une fête de voir circuler, anonyme, autour d'elle cette partie secrète de sa vie, car elle appartient à un monde où ce petit livre sera beaucoup lu ; il lui plaît d'entendre dire : « C'est vrai ; c'est faux ; » et de dire peut-être elle-même : « Je ne crois pas un mot de toute cette histoire; il n'y a pas de femme comme celle-là. »

A. DUMAS FILS.

I

# TIPHAINE

I

Mon père, Alphonse Percin, mourut à l'âge de trente-cinq ans, ayant pris rang déjà parmi nos plus habiles architectes. On gardait souvenir de ses brillants débuts. L'Académie des beaux-arts, dès son premier concours, lui avait décerné le prix de Rome. A son retour, les peintres, les sculpteurs et les archéologues n'avaient pas accordé moins d'attention que les architectes à son portefeuille riche de documents ingénieusement recueillis. Pendant plusieurs années, chacun vint puiser à son tour dans cette mine ouverte à tous.

Les meilleurs juges répondaient de son avenir. L'administration lui offrit une place de quinze cents francs que, dans sa bienveillance, elle porta bientôt à trois mille. Mon père s'en contenta, il épousa la sœur d'un de ses camarades de Rome, qui, artiste ellemême, dans sa vie simple et retirée, sut trouver un bonheur sans mélange. Ma naissance vint l'accroître encore, mais ma mère épuisa ses forces à me nourrir ; mon père demanda pour elle la santé au climat de Nice, à celui d'Alger, à Madère enfin où il laissa son tombeau. Il avait conservé la modeste position qui lui convenait et plus que jamais suffisait à ses besoins. Homme de méditation plus que de pratique, il était heureux de pouvoir, en me consacrant la meilleure part de son temps, conserver des loisirs utilement employés à l'étude de l'art et à la contemplation du beau.

Le souvenir de ma première enfance est resté pour moi comme un rêve de bonheur. Concentrant toute sa tendresse sur son petit Georges, mon père était ingénieux à développer et à mûrir mon intelligence grâce à lui précoce. Ne laissant échapper aucune occasion d'élever mon imagination et de l'éclairer, il me montrait le grand et beau côté de chaque chose; habile à orner ma mémoire sans fatiguer mon esprit, il avait fait de moi, sans travail et sans leçons, un enfant très avisé et très instruit pour son âge.

Tous les dimanches nous dînions chez mon grand-père. Loin d'être une fête pour moi, cette réunion de famille m'attristait. Je m'y sentais contraint et gêné. Toujours grave et sévère, mon grand-père laissait percer à chaque occasion l'aigreur et le chagrin d'un esprit mécontent de tout et défiant de tous. Quand il m'avait dit, en me pinçant la joue : « Bonjour fisto », la conversation était terminée pour le reste de la visite. Avec mon père, il aimait à parler d'art; j'écoutais leur discours, je les comprenais sans qu'ils s'en doutassent, et le ton de supériorité de mon grand-père me semblait aussi inexplicable qu'irritant. On eût cru voir un maître formant son apprenti. Architecte lui-même, et heureusement doué, je crois, mon grand-père en était resté aux éléments, mais sa confiance en lui-même était imperturbable. Armé de quelques lieux communs, qu'il nommait les *principes*, et invoquant des règles inflexibles, il jugeait et condamnait les œuvres les plus admirées.

Capitaine de dragons en 1815, déjà veuf alors et chargé d'un fils de dix ans, la demi-solde accordée avec son congé ne pouvait lui suffire. L'enfant fut confié à sa grand'-mère, pauvre épicière dans un village de

Bretagne, et, laissant une procuration pour toucher sa pension tout entière, il vint, avec cent francs dans sa bourse, chercher de l'ouvrage à Paris. Le hasard le servit bien : son air digne et fier, son habitude du commandement, inspirèrent confiance à un riche entrepreneur; il fut chargé de surveiller des ouvriers. Mon grand-père, pour mieux s'acquitter de sa tâche, voulut apprendre cette langue du dessin géométrique constamment adoptée sous ses yeux. Chaque soir il emportait les plans, passait souvent la nuit à les copier et essayait quelquefois des variantes. L'une d'elles fut heureuse, il la proposa à l'entrepreneur qui le lendemain lui donnait une place dans ses bureaux ; il s'y montra capable de mieux encore. « Il faut devenir architecte, lui dit cet excellent homme, consacrez vos journées à l'étude, le travail du soir payera vos dépenses. » C'est ainsi que mon grand-père, à l'âge de quarante ans, devint élève de l'École des beaux-arts. Ses débuts annoncèrent de grandes espérances ; nul effort n'était égal au sien, nulle attention comparable à la sienne, nul progrès ne fut plus rapide ; il marcha vigoureusement dans la voie des théories mathématiques et des règles précises. Son intelligence solide et déjà mûre en accepta la sécheresse, sans fatigue et sans ennui ; resserré dans ces bornes étroites, son esprit les respecta comme une consigne, sans jamais s'élever assez haut pour les franchir. Les embarras et la détresse de sa mère le forcèrent à s'occuper d'elle ; il lui fallut, pour commencer l'éducation de mon père, se créer de nouvelles ressources et s'arrêter, dès les premiers pas, dans la voie de l'art. Son patron lui procura quelques travaux de pur métier et il ne songea plus qu'à la pratique ; son activité et sa droiture justifièrent la confiance de ses clients et en accrurent le nombre, sans le mettre jamais sur la route de la fortune ; il ne parlait jamais de ses affaires, mais sa vie laborieuse et rude, prolongée après l'âge du repos, laissait voir le travail de chaque jour nécessaire au pain du lendemain.

Mon père, un jour, pendant notre déjeuner, reçut une lettre imprimée ; il la parcourut avec indifférence et la jeta loin de lui pour la reprendre aussitôt, la relut avec attention, réfléchit un instant, et me dit :

— Écoute, Georges ! tu n'as pas besoin d'être riche, tu travailleras pour gagner ta vie, comme je travaille, comme tu vois travailler ton grand-père, mais le temps est précieux, il faut étudier et apprendre ; dès l'année prochaine, mes pauvres appointements pourraient à peine suffire à payer tes maîtres. Ce papier vient me tirer d'inquiétude, regarde, et je lus : « Un généreux » donateur a légué à la ville de M..., pour » la construction d'une église, la somme de » deux millions ; un concours est ouvert :

» l'auteur du projet classé au premier rang » recevra une somme de dix mille francs » payable le lendemain du jugement et » dirigera l'exécution des travaux. »

— Je veux gagner le prix, dit mon père.

Quelques jours après il me montrait trois projets très différents de caractère et de style ; la semaine suivante, nous partions pour M.... Il visitait l'emplacement destiné à l'église, examinait les constructions voisines, se renseignait sur les matériaux du pays, étudiait le caractère des édifices de la ville et choisissait sur place un des trois projets. Deux mois après il y avait mis la dernière main et envoyait son nom sous pli cacheté, avec un court mémoire et de nombreux dessins, au président du concours.

Une année s'écoula, j'avais oublié l'église de M.... et les rêves de fortune, quand, un dimanche matin, je vis, chose rare dans notre pauvre maison, un domestique en livrée traverser la cour, après avoir demandé M. Percin. Il n'attendit pas longtemps à notre porte, je l'avais ouverte avant qu'il eût sonné, pour prendre, de sa main, une lettre *pressée*. L'heure qui s'écoula jusqu'au retour de mon père me parut interminable ; je l'aperçus de loin, et, sans songer à une défense souvent répétée, je courus dans la rue au-devant de lui.

— Père, une lettre pressée !

Il la lut sans émotion apparente, puis me prenant la main :

— Tu as eu tort de sortir seul, dit-il ; pour ta punition tu ne verras la lettre qu'après le déjeuner.

Notre modeste repas était prêt heureusement, et ne se prolongeait jamais bien longtemps ; mon père, sans me tenir rigueur, me tendit la lettre avant la fin : « Mon » cher Percin, disait le président du jury, » le prix vient d'être décerné à un projet » hors ligne : le pli cacheté qui renfermait

» votre nom a été ouvert et le résultat pro-
» clamé n'a surpris personne. Nous avons
» retrouvé notre cher Percin, lent à com-
» mencer, prompt à finir, et toujours vain-
» queur quand il consent à lutter. »

— Viens m'embrasser, dit mon père.

Je m'élançai sur ses genoux pour écouter avec bonheur les projets d'avenir dans lesquels la meilleure place, presque la seule, était réservée à son petit Georges. Nous devions dîner chez mon grand-père, nous fûmes diligents ; longtemps avant l'heure habituelle, nous frappions à la porte de sa petite maison du boulevard Montparnasse.

— Bonjour mon fils, bonjour mon fisto, dit mon grand-père suivant sa coutume invariable.

Sans lui laisser le temps de rien ajouter, mon père, d'un air joyeux, répondit :

— Nous apportons une nouvelle !

— Est-elle bonne au moins ?

— Tu vas en juger; j'ai concouru, sans le dire à personne, pour l'église de M...., et mon projet est adopté.

Le visage habituellement sévère de mon grand-père se contracta, il devint dur et me sembla méchant, ses lèvres s'amincirent, il fronça les sourcils et, après un silence pendant lequel il semblait faire effort pour retenir un secret, il éclata :

— Eh bien, je te dis, moi, qu'on a fait une belle et bonne injustice; j'aurais dû m'y attendre, c'est l'Institut qui jugeait; je me moque de son opinion, des blancs-becs que je ne craindrais pas dans un concours loyal! j'en sais long sur leur compte! J'avais envoyé un projet, c'est une faiblesse, j'ai hésité longtemps, je voulais attirer l'attention sur les méditations de ma vie entière, j'ai consacré une année à tout combiner pour maintenir l'intégrité des principes en évitant le mauvais goût qui a la faveur et la vogue; on ne m'a pas compris, on n'a pas voulu me comprendre, les architectes officiels se font la courte échelle, tu es leur homme, tu marches dans leur voie, j'aurais pu y marcher comme un autre, je préfère rester seul, je ne suis pas assez souple pour m'appuyer sur des cabales, mais j'enfoncerai la porte qu'ils veulent fermer; l'opinion me fera justice. Je publierai mon projet, l'ensemble et les détails qu'ils n'ont pas osé exposer avant de prononcer leur belle sentence, et fallût-il vendre ma maisonnette, on jugera les juges !

Il mit les mains derrière son dos, proféra quatre ou cinq ah ! ah ! ah ! simulant un éclat de rire et se promena à grands pas. Mon pauvre père restait muet, les exclamations du vieillard tombaient dans un morne silence.

— S'ils croient que j'y tiens ! J'ai vécu sans leur protection, je ne commencerai pas à leur faire des courbettes ; sois franc, ajouta-t-il en élevant la voix, combien as-tu fait de visites?

— Pas une seule, mon père; s'il était besoin d'une preuve, je te montrerais cette lettre, mais tu ne doutes pas de ma parole.

— C'est bon, c'est bon, parlons d'autre chose; j'ai fait acheter un canard, nous le mangerons aux navets; tu aimes le canard, fisto? Ah! ah! ah! si tu crois que je suis vexé, je me moque de leur jugement comme de cette chaise.

Et, l'appuyant d'une main vigoureuse sur un seul de ses pieds, il la brisa en morceaux.

On fit peu de fête au canard. Mon père, alléguant le grand froid et la neige qui tombait depuis le matin, voulut me reconduire de bonne heure. Mon grand-père, en nous accompagnant jusqu'à la porte du jardin, avait repris sa physionomie impérieuse et farouche; quand nous fûmes dehors, il prit la main de mon père, et lui dit avec un accent d'indignation concentrée :

— Que comptes-tu faire?

— Mais, dit mon père, je ne comprends pas ta question!

— Songe que l'injustice est flagrante, elle sera démontrée, tu ne peux accepter sans te déshonorer, et il referma brusquement la porte.

La main de mon pauvre père pressa convulsivement la mienne et nous rentrâmes bien tristes dans la maison quittée quelques heures avant avec de si joyeuses espérances.

Je me couchai sans pouvoir dormir; mon père assis sur une chaise tenait son front dans une main et semblait une statue de la méditation. Le sommeil vint enfin; en me réveillant je l'aperçus dans la même attitude:

— Bonjour, père, lui criai-je, tu es déjà levé?

Il tressaillit, regarda la pendule, puis la fenêtre, comme pour recueillir ses souvenirs. Une toux sèche et profonde le saisit, il porta son mouchoir à sa bouche et le retira plein de sang.

— Je suis malade, dit-il, lève-toi vite et prie le portier d'aller chercher le médecin et de prévenir ton grand-père.

Mon grand-père arriva le premier, un peu honteux peut-être de son emportement de la veille :

— Eh bien, dit-il, tu es indisposé? Cela ne sera rien, il ne faut pas s'écouter, un peu de repos, je promènerai le fisto, un verre de vin chaud ; j'en ai vu bien d'autres en Russie et nous n'avions pas de vin chaud.

Le médecin ne tarda pas, il lui tâta le pouls.

— Cent soixante-quinze, dit-il.

Il me semble le voir et l'entendre encore ; sa figure s'assombrit; voyant le mouchoir teint de sang, il se précipita sur mon père, colla l'oreille à sa poitrine, écouta longtemps sans prononcer un mot, puis demanda du papier et écrivit une courte ordonnance :

— Du repos, dit-il, du calme, je reviendrai dans deux heures.

Nous le reconduisîmes.

— Cela débute mal, dit-il; dans une heure je reviens avec un confrère; deux avis valent mieux qu'un, le cas est grave.

Ils revinrent deux en effet, firent tout ce qu'ils purent, le firent avec cœur. Leur dévouement fut inutile; huit jours après j'étais condamné à une vie nouvelle, mon grand-père était devenu mon seul appui et mon guide.

Cachant une blessure sans doute bien cruelle, il gardait sur mon père un silence absolu. Il ne devint pour moi ni plus communicatif ni plus tendre ; à une direction douce et légère, quoique ferme et prévoyante, succédait sans transition une autorité dure et pesante; mon père savait occuper mon esprit sans fatigue et de l'étude faire mon meilleur passe-temps ; grâce à lui, j'aimais le travail ; dans le long isolement de ma triste enfance il devint ma consolation.

Soigneux de mon avenir, mon grand-père n'épargnait rien d'ailleurs pour me développer et m'instruire. Dès l'année suivante il m'envoyait comme externe au collège. Impatient pour moi de tous les succès, il n'acceptait rien qui fût imparfait, sa vigilante attention surveillait toutes mes notes : si elles indiquaient un côté faible, il confiait au meilleur maître le soin de me relever rapidement. Aussi attentif à développer mon corps qu'à exercer mon esprit, il me donna des maîtres de gymnastique, d'escrime et même d'équitation ; la musique ne fut pas négligée. En m'imposant ainsi le superflu, souvent pour lui-même il négligeait le nécessaire, mais je n'étais pas consulté ; marquant l'heure de chaque étude et le temps de chaque exercice, le vieux capitaine de dragons n'acceptait aucune observation. Lorsque je le perdis à l'âge de dix-huit ans, sans avoir rien sacrifié des études classiques, je me trouvais, grâce à la sage discipline d'une préparation persévérante et continue, en avance de plusieurs années sur les camarades du même âge que j'allais rencontrer à l'École des beaux-arts.

Mon grand-père ne laissa aucune fortune; la maisonnette du boulevard aurait été mon seul héritage si, dans un tiroir dont la clef ne le quittait jamais, on n'avait trouvé quatre mille francs en pièces de cinq francs: de sa main était écrit sur les sacs de toile: « argent de Georges » ; son orgueil dompté par le devoir, par le remords peut-être, avait consenti à réclamer en mon nom les dix mille francs du prix qui me coûtait si cher ; pour lui-même il ne rabattit rien de sa fierté et refusa la direction des travaux. Son projet n'avait obtenu qu'une seconde mention et l'église de M.... aurait renouvelé pour lui plus d'un souvenir cruel et sombre.

Gardien fidèle et intelligent du dépôt, il l'avait transformé en instruction solide et en études variées.

La mort de mon grand-père me laissa un grand vide plus encore qu'une grande tristesse ; les liens étroits de l'habitude ne déchiraient en se brisant aucun souvenir affectueux et tendre, ils en laissèrent subsister de bien cruels, dont la blessure ne s'est jamais fermée ; ma reconnaissance pour son dévouement et ses soins était plus raisonnée que sentie. Avant de sortir du cimetière, c'est sur la tombe de mon père que je m'agenouillai en pleurant, et, malgré mes efforts pour n'être pas ingrat, l'image de mon pauvre père mourant évoquée par le souvenir de ce rigide et orgueilleux vieillard ne m'ordonnait pour lui que le pardon.

# II

## II

Les débuts d'un jeune architecte sont souvent difficiles ; d'utiles amitiés ont aplani pour moi toutes les voies. Mes maîtres à l'École des beaux-arts, presque tous anciens camarades de mon père et fidèles à son souvenir, s'empressaient à me conseiller, à m'encourager, à faire valoir mes faibles succès ; lorsqu'après quatre années d'études j'obtins le prix d'architecture, à la joie du triomphe se mêla la crainte que la bienveillance m'eût favorisé au delà de la stricte justice ; mais, rassuré par le suffrage de mes camarades, je partis joyeux et confiant.

Après cinq ans de séjour à la villa Médicis, je retrouvai à Paris la bienveillance de mes maîtres et leur active amitié. Je refusai la place d'inspecteur à laquelle la tradition me donnait droit. Leur protection me promettait mieux ; ses effets ne se firent pas attendre et, six mois après mon retour, j'acceptais la construction d'un château moyen âge en Auvergne, pour un très riche marchand dont la passion pour l'époque des croisades éclatait tout à coup après trente ans d'une vie consacrée à l'épargne et au gain.

— Il faut partir immédiatement, me dit mon vieux maître ; j'ai vu l'homme, il n'est pas fou, ses immenses succès dans la chaudronnerie lui permettraient des fantaisies moins innocentes et plus coûteuses encore ; il n'aime et ne comprend rien de l'art, ignore l'histoire et ne s'en soucie guère, mais il veut s'immortaliser par la construction du plus beau château de l'Auvergne et qu'on fasse un jour pour le voir le voyage de Clermont à Saint-Flour; vous le construirez aussi vieux qu'il le voudra, je m'y suis engagé, mais tâchez, en vous conformant à ses desseins, de ménager un coin habitable, le bonhomme y veut finir ses jours.

Mon premier soin, en arrivant en Auvergne, fut de faire parler M. Chabouillat; l'entreprise était difficile, il avait peu d'idées et les exprimait mal.

— Pourquoi, lui demandai-je, voulez-vous un château du quatorzième siècle?

— Mon bon M. Percin, me répondit-il, je me suis dit: le moyen âge, les croisades, les troubadours, l'oriflamme, et il ajouta avec un accent de gasconnade commun en Auvergne: et va te faire fiche!

L'emplacement choisi pour le château était admirable; un plateau en terrasse dominait la petite ville de L.... dont les toits en brique rouge et la coquette apparence contrastaient avec la sombre majesté de l'amphithéâtre couvert de vieux sapins qui l'entourait d'un cirque immense. Les eaux bondissantes d'une cascade semblaient inviter aux plus magnifiques créations hydrauliques. Le castel consciencieusement étudié que je proposai d'abord aurait pu soutenir un siège, pas une fenêtre ne s'ouvrait au dehors.

— C'est une prison, s'écria madame Chabouillat, on ne peut ni entrer ni sortir !

Chabouillat lui-même, malgré sa ténacité, semblait moins entêté du quatorzième siècle. Je suggérai un accommodement :

— Supposez, lui dis-je, qu'un château conforme au dessin que vous voyez ait fait jadis, à la place si bien choisie par vous, l'admiration des contemporains de saint Louis, qu'il ait été détruit au quinzième siècle par les Anglais et qu'il n'en soit resté qu'une tour, misérable abri d'une famille ruinée, dont le grand nom, dignement conservé après plusieurs siècles, ait procuré une fortune nouvelle au fondateur d'une habitation élégante et commode élevée sur les ruines de l'ancienne. C'est elle que nous reproduirons et, pour atteindre notre but, il suffira que la tour soit conservée. Je montrai au couple charmé, à côté d'une tour crénelée, une gracieuse façade Louis XIII, qui les enthousiasma moins encore que l'ingénieuse histoire dans laquelle Chabouillat voyait tout un poème. Les irrésolutions cessèrent ; pour le plan, l'indifférence était complète ; avec tant d'appartements, c'est le nom que les Chabouillat donnaient à chaque chambre, on trouverait toujours le moyen de se loger.

Ne pouvant croire que le caprice d'une aussi longue et coûteuse entreprise fût poussé jusqu'à l'accomplissement, je faisais naître de jour en jour des remises et des délais ; l'impatience de Chabouillat triompha de mes scrupules, son désir contrarié devenait une idée fixe ; les travaux durèrent trois ans pendant lesquels, toujours sur les chantiers, il semblait compter six jours de fête par semaine, il ne s'ennuyait que le dimanche. Questionnant sur tout, admirant la réponse sans la comprendre, chaque détail terminé lui donnait le plaisir de la surprise. Il payait les notes sans discussion et sans retard et paraissait le plus heureux et le plus important des hommes en même temps que le plus accablé d'affaires.

Je vivais tranquille et satisfait ; j'avais acquis, je puis le dire, beaucoup d'importance dans la petite ville ; quiconque faisait construire disposait gratuitement de mon crayon. Les architectes de Clermont, devançant les vœux de Chabouillat, venaient admirer les progrès de mon œuvre. Sans m'étendre sur leurs louanges, sincères je le crois, je puis dire qu'en dépassant mes espérances elles faisaient l'orgueil et la joie de Chabouillat. Les plus considérés demandaient mes conseils, et mon portefeuille, aussi bien que celui de mon père, précieusement conservé, était pour eux toujours ouvert.

Je dirigeais plus de cent ouvriers, tous dévoués, tous soumis à la règle, tous confiants dans leur chef. J'avais appris de mon grand-père la fermeté et la froideur du commandement et, sans me montrer rigoureux ni sévère, j'apportais sur le chantier un ton net et des allures décidées qui, malgré ma jeunesse, ne rencontraient aucune résistance.

La paye était faite le samedi ; chaque dimanche le bonhomme Chabouillat entrait chez moi à neuf heures :

— Les bons comptes font les bons amis, disait-il avec un accent de franche gaieté : j'ai payé hier, sur factures vérifiées par vous, tant aux entrepreneurs, tant aux ouvriers ; cinq pour cent vous sont dus pour vos soins, voici votre part.

Cette singulière méthode m'avait froissé d'abord; mais, docile sur tout le reste, Chabouillat s'était obstiné et force fut de me laisser vaincre.

Une grande fête fut donnée à quelques lieues de là ; on pressentait des élections, et le député de l'arrondissement, pour entretenir la bonne volonté de ses partisans et rajeunir le zèle de ses amis, voulut les éblouir par un repas somptueux, déjeuner ou dîner, il est difficile de le dire, car l'heure était choisie de manière qu'on pût venir de fort loin et retourner le soir sans être trop tard sur les routes. Je reçus une invitation que j'acceptai.

Arrivé un des premiers, je fus gracieusement reçu par M. et madame X... dont l'amabilité m'aurait touché davantage s'ils en avaient caché le motif; ils n'y songeaient nullement. Leur seule mesure pour les hommes et les choses, et leur seule règle pour les estimer, était l'influence possible sur le succès de leur ambition. « Nous aurons le préfet », furent les premiers mots du mari. C'était pour lui la certitude d'une candidature officielle et la meilleure de ses chances. Les invités se succédaient rapidement, leur nombre me permit bientôt de m'éloigner sans impolitesse, pour admirer la sévère beauté du château, malheureusement mal entretenu, et la majesté sauvage du parc, complètement négligé, mais incessamment embelli par la vigoureuse fécondité du sol. Ces vénérables constructions avaient traversé bien des guerres et soutenu plus d'un siège ; plus d'une tourelle avait changé de style, plus d'un écusson avait disparu ; une chapelle autrefois était proche du château, abattue aujourd'hui et ruinée par terre, des arbres séculaires s'élevaient au-dessus de ses derniers vestiges ; une abbaye se trouvait à peu de distance et un cloître, admirable d'élégance, en attestait l'antique splendeur. Lui-même s'émiettait pierre à pierre sans qu'aucune main réparatrice eût pris soin de relever un voussoir ou de soutenir un arceau. Les murs ébranlés jusqu'aux fondements n'étaient plus réparables ; mais leur étude pouvait encore révéler tous les détails du monument disparu : il fallait se hâter, les ruines elles-mêmes allaient bientôt périr, si M. X..., comme il était à craindre, ne cherchait pas tout à coup dans un zèle intelligent pour l'archéologie une utile séduction pour le suffrage universel.

Je retournai au château, la réunion était nombreuse mais peu animée ; on attendait le préfet ! Je ne connaissais personne, peu curieux de me faire présenter, j'entendais, sans l'écouter, un commerce languissant d'insignifiantes paroles ; une voiture élégante franchit la grille ouverte de la cour.

— C'est madame Négris, dit madame X... à son mari. Quelle idée de l'avoir invitée? elle va s'ennuyer et te gêner beaucoup !

— Elle part cette semaine, et je n'ai pu faire autrement.

M. et madame X... s'empressèrent au-devant d'une dame élégante, belle et gracieuse encore malgré ses quarante ans. Je la regardai peu, je l'avoue, car, du premier coup d'œil, je fus ébloui par sa fille. Tiphaine, cependant, son nom fut immédiatement prononcé, était encore une enfant; son costume aux vives couleurs, œuvre de fantaisie, non de caprice, n'aurait pu convenir à une jeune fille. L'éclat de son corsage et des rubans mêlés à ses blonds cheveux semblait disputer l'attention due à son charmant visage et provoquer une lutte dans laquelle la victoire ne pouvait lui manquer. Sa jupe de soie écossaise descendait à peine au-dessous du genou, comme si on avait craint de gêner ses jeux en l'empêchant de courir ou de sauter à la corde. Tiphaine avait quatorze ans; si son suave et doux visage en faisait supposer seize, sa mignonne petite taille était celle d'une fillette de douze ans. Quand M. X... l'enleva dans ses bras pour la baiser au front, il me sembla qu'il s'approchait d'une fleur rare pour en respirer le parfum. Tiphaine donnait l'idée d'une petite princesse; elle ressemblait à Marie Stuart enfant. Sa parure, bizarre par son éclat au milieu de nos habits noirs, aurait paru simple et sans prétention à la cour brillante de Henri II.

Le préfet se faisant attendre, je me retirai dans une allée du parc d'où je ne pouvais manquer de voir son arrivée qui serait le signal du repas. Tirant de ma poche un petit calepin, acheté le matin même, j'esquissai avec une ressemblance qui me contenta la gracieuse figure de Tiphaine. Je fus charmé, étonné surtout, de me trouver un talent de dessinateur auquel je n'avais aucune prétention et que jamais je n'ai retrouvé depuis. Le dessin rapidement tracé me charmait par sa mélancolique douceur, et, dans un grand contentement de mon œuvre, ému encore de l'inspiration, qui m'avait élevé au-dessus de moi-même, j'écrivis au bas de la page : « Corrège seul, il y a trois cents ans, aurait pu deviner cette douce figure ! »

Le préfet arriva : pendant qu'on l'entourait et le fêtait, je regagnai le salon dont les portes ne tardèrent pas à s'ouvrir ; on annonça le repas.

— Monsieur le préfet, dit M. X..., veuillez offrir le bras à madame X...

Lui-même conduisit madame Négris en ajoutant : — Veuillez choisir vos places,

Messieurs, tous les Français sont égaux devant la loi.

Les électeurs s'empressèrent vers la salle à manger, cherchant à aider le hasard à les rapprocher du préfet. Tiphaine était oubliée, mais sa physionomie douce et calme ne marquait aucune inquiétude, son maintien aucun embarras. Aussi respectueusement que si elle avait eu vingt ans, je lui offris le bras, nous entrâmes les derniers dans la salle du festin pour aller nous asseoir au bas bout de la table.

— M. X..., lui dis-je, semble prendre sa table pour la table de la loi.

— Elle me regarda avec étonnement, parut indécise, puis un sourire illumina ses beaux yeux ; j'y crus lire le remerciement d'une plaisanterie faite uniquement pour elle et dont elle pardonnait la faiblesse en faveur de l'intention. La glace était rompue, je lui parlai de musique ; elle avait entendu tous les artistes en renom, dont elle appréciait le talent plus encore que le mérite des œuvres interprétées par eux. J'avais vécu à Rome dans l'intimité de musiciens passionnés pour l'histoire de leur art ; j'avais recueilli leurs impressions, et sur un tel sujet, en laissant seulement parler mes souvenirs, j'aurais pu tenir tête au plus brillant causeur. Encouragé par le sourire radieux de Tiphaine, par sa rapide intelligence, par ses objections même, toujours judicieuses, je lui traçai, depuis le seizième siècle, le caractère de chaque époque musicale en indiquant les traits distinctifs des maîtres qui ont eu l'heureuse fortune de déplacer pour un temps l'idéal. — Tiphaine trouvait d'heureux exemples dans l'abondance de ses souvenirs, elle redoublait ma pensée, comme si je n'avais fait que donner une forme à la sienne et sa vive et intelligente curiosité empêchait mon pédantisme, dont j'avais conscience, d'être aussi ridicule qu'il le semblait peut-être à nos voisins. En acceptant l'invitation de M. X... je m'étais résigné à une journée d'ennui, le gracieux babil de Tiphaine en rendait le début charmant. J'avais oublié son âge ; quand je lui offris le bras pour passer au salon, j'éprouvai une véritable surprise en la voyant si petite ; elle se leva sur ses petits pieds pour atteindre à la hauteur de ma grande taille, puis elle trouva plus commode, plus conforme peut-être à ses habitudes, de me prendre la main pour se faire conduire près de sa mère.

— Vous avez été bien bon pour Tiphaine, me dit madame Négris, j'ai entendu pendant le dîner qu'elle vous parlait de sa musique, c'est une petite bavarde ; si vous l'écoutez sur ce sujet et sur la peinture elle n'aura jamais fini.

— Comment, mademoiselle, vous vous occupez aussi de peinture ?

Et, encouragé par un regard de madame Négris, je pris place à côté de ces dames, à la grande satisfaction, je crois, de madame X..., plus libre, par là, de s'occuper de ses électeurs.

L'éducation de Tiphaine pour la peinture et le dessin avait été la même que pour la musique, beaucoup copier sans ordre et sans choix, visiter beaucoup de musées au hasard et sans direction, admirer chaque tableau pour lui-même sans s'informer du milieu qui l'a vu naître. L'architecture jamais n'avait attiré son attention, elle avait vu de beaux monuments sans leur demander le souvenir et l'esprit d'une époque. Les ruines du cloître admirées le matin me fournirent un exemple.

— Allons les voir, s'écria Tiphaine, tu me permets, maman ?

— Tu as bien chaud, répondit la mère, tu sais comme tu t'es enrhumée la semaine dernière ?

— Aimeriez-vous trop le bal, mademoiselle, lui dis-je, sur un ton de plaisanterie familière.

Elle connaissait les Orientales.

— Vous êtes sinistre, me répondit-elle en riant, mais vous verrez qu'il me reste la force de marcher.

— Prends mon écharpe, dit madame Négris.

Et elle lui jeta un large voile de dentelles dont Tiphaine, sans miroir et sans s'y reprendre à deux fois, fit avec grâce une mantille espagnole, puis agile et joyeuse elle s'élança dans le parc.

Arrivée devant les ruines elle regarda avec étonnement.

— Ce n'est que cela, dit-elle, en m'interrogeant par son air désappointé et surpris.

— Un esprit attentif peut, lui dis-je, sans avoir rien à deviner, transformer ces ruines noircies en un gracieux promenoir pavé en mosaïque pour y évoquer les disciples de saint Thomas d'Aquin, chantant avec ferveur la paix aux hommes de bonne volonté. Ces vignes sauvages étouffées par les épines et les ronces sont les derniers vestiges des vieux ceps si chers à la délicatesse des moines qui savaient avec une discipline plus exacte, dit-on, que celle du bréviaire, fabriquer, ici même, un vin généreux dont aucun vigneron du pays n'a pu retrouver l'excellence.

— Pour évoquer le passé, répondit Tiphaine, il faut le connaître ; je voudrais être savante, ma mémoire saurait peut-être aussi embellir mes rêves, mais ces pierres noires ne me racontent rien ; la vigne sauvage et le lierre sont, aussi bien que les ronces, des énigmes qui passent ma portée.

Laissant bien vite les raisonnements abstraits et les explications méthodiques, j'ouvris mon calepin et dessinai, à la grande joie de Tiphaine, la restitution facile de l'ensemble, puis, passant aux détails, je retrouvai pour elle, dans leur simplicité élégante, la forme de chaque moulure, la décoration de chaque arceau et jusqu'à la grille de fer dont un seul gond restant indiquait la place. Tiphaine, captivée et ravie, m'adressait dix questions à la fois ; elle voulait tout comprendre et tout nommer dans la langue de l'art. La curiosité satisfaite de l'enfant s'élevait jusqu'à l'émotion d'une artiste qui, curieuse du passé, en contemplait pour la première fois la vive image.

— Je veux, dit-elle, dessiner un pilier.

Et, s'asseyant sur une pierre moussue, elle copia très juste, d'une main fine et délicate, le mieux conservé des piliers, puis me tendant le crayon et l'album :

— Complétez ce qui manque, je vous prie, vous me ferez bien plaisir, me dit-elle, avec une grâce confiante.

Je pris le crayon et, respectant toutes ses

lignes, je dessinai l'arcade autrefois soutenue par le pilier ; docile à sa pressante curiosité, j'ajoutai, sans étude bien sévère, mais sans invraisemblance, la rosace et l'architrave.

— Il ne faut pas, dis-je à Tiphaine, inquiéter votre mère, retournons vers elle.

— Ah ! maman est toujours contente quand je m'amuse et je m'amuse tant !

— J'en suis bien heureux, mademoiselle, lui répondis-je, d'un ton un peu plus sérieux, mais il faut retourner au château.

— Eh bien, dit-elle, en faisant un effort pour ne pas se mutiner, donnez-moi votre dessin du cloître, voulez-vous, cela me fera tant de plaisir !

— Sans séparer l'ensemble des détails, permettez-moi, mademoiselle, de vous offrir le calepin lui-même.

Elle le prit en rougissant de joie et, s'échappant à l'extrémité du cloître, elle me cria :

— Attendez ! je vais vous écrire quelque chose si vous me promettez de ne pas regarder avant demain.

— Je vous le jure, mademoiselle, répondis-je, avec la respectueuse politesse qui paraissait la flatter beaucoup.

Elle détacha une page blanche, écrivit quelques mots, puis, déchirant la feuille, en jeta la moitié et, prenant son parti d'un air résolu, écrivit rapidement une ligne, hésita encore, puis plia le papier en quatre.

— Pas avant demain, dit-elle en me l'apportant, vous l'avez promis.

— Je vous jure, mademoiselle, que d'ici là il ne sortira pas de cette place, et je le mis précieusement dans mon porte-monnaie.

Je la guidai par la main dans le sentier en pente rapide qui formait le plus court chemin : à quelques pas du château elle s'arrêta, réfléchit un instant, prit un air sérieux, et me dit :

— Rendez-moi mon papier, je veux le déchirer, il est trop bête.

— Pas aujourd'hui, mademoiselle, j'ai juré de n'y pas toucher avant demain.

— Eh bien, tant pis, répondit Tiphaine, avec un gai sourire d'enfant, d'ailleurs vous ne comprendrez pas.

Nous entrâmes au salon.

— Maman, dit Tiphaine, sans laisser à madame Négris le temps d'exprimer son impression, j'ai passé une bonne journée, monsieur m'a donné une leçon d'architecture.

— Vous êtes vraiment trop bon, me dit madame Négris, et Tiphaine est trop indiscrète, mais il est temps de demander la voiture.

Tiphaine, en attendant, s'assit près de sa mère, tandis que j'allais par politesse complimenter M. X... sur la beauté de ses ruines. Il s'en souciait fort peu, mais il saisit l'occasion de me présenter au préfet, comme un ami. Cela voulait dire un homme qui vote bien. Le préfet, lourdement, gauchement, solennellement, me répéta en termes exagérés, avec la satisfaction d'un administrateur fier de connaître les plus infimes détails, ce qu'il avait appris, un quart d'heure avant peut-être, sur les merveilles du château Chabouillat et les cent électeurs employés à le construire ; il eut l'habileté de faire briller pour la fin des travaux la possibilité d'une croix d'honneur, en laissant voir, avec un sourire sans cordialité et qu'il croyait fin, beaucoup plus de disposition à ménager un électeur influent qu'à encourager un artiste ; en cinq minutes, il réussit à me dégoûter de lui en accroissant mon aversion pour ce qu'on nomme la politique ; mais ce n'est pas de cela qu'il s'agit.

Tiphaine, cependant, racontait à sa mère sa bonne journée. Madame Négris honora d'un regard indifférent le calepin couvert en toile grise, estima sans doute à une quinzaine de sous la valeur du cadeau, et conclut qu'on pouvait l'accepter. La voiture de ces dames fut annoncée, je les saluai en m'inclinant devant Tiphaine aussi profondément que devant sa mère; elle sauta dans la voiture en me criant :

— Pas avant demain !

Le lendemain, Chabouillat m'aborda avec un gros rire.

— Eh bien, mon gaillard, me dit-il, vous pêchez à la ligne !

— Je vous avoue que je ne vous comprends pas.

— On ne parle que de cela, le préfet l'a remarqué. La petite ne parle que de vous. Vous savez qu'elle a vingt millions ! C'est bien joué, elle a mordu à l'hameçon, elle n'a que quatorze ans. Vous aurez des concurrents ; mais, vous tenez la corde, ne la lâchez pas.

Mon empressement près de Tiphaine

était l'entretien de la ville et le commérage du jour. Le soir, au cercle, on m'accueillit avec le même ton de plaisanterie bienveillante. Comment se fâcher contre ces bonnes gens qui ne croyaient ni ne voulaient me faire injure? Je ne cherchai même pas à leur persuader, comme il était vrai, que j'ignorais la grande fortune de Tiphaine, et, moins encore, que loin de m'attirer, ses millions me tiendraient désormais à l'écart. J'étais peiné cependant de penser que la ridicule ambition qu'ils trouvaient naturelle et adroite m'avait été malignement prêtée par d'autres. Qui sait? Peut-être par madame Négris. Le souvenir des lignes écrites au bas du portrait de Tiphaine, et que j'avais complètement oubliées en lui laissant l'album, vint accroître mon déplaisir et mon inquiétude. Mécontent de moi, je cherchai dans mon porte-monnaie le petit papier plié en quatre; d'une écriture fine et originale qui de loin aurait pu rappeler une ligne arabe ou persane, Tiphaine avait écrit :

« Souviens-toi, car peut-être, ô rapide étranger..., »

croyant, dans sa naïveté enfantine, me laisser une énigme insoluble. Mais, pendant bien longtemps, ma volonté impuissante à oublier cette gracieuse rencontre ne pouvait chasser de ma mémoire le vers que Tiphaine n'avait osé écrire, et qui m'aurait suivi et épié dans mes promenades solitaires, m'aurait entendu plus d'une fois répéter :

« Ton souvenir reste à Tiphaine. »

# III

## III

J'avais depuis longtemps quitté l'Auvergne, et laissé Chabouillat regretter dans son château solitaire l'heureux temps, abrégé par son impatience, où, logé à l'étroit dans une baraque voisine, il voyait s'élever et grandir ses murailles pour ainsi dire animées et vivantes.

Ma carrière à Paris avait été prompte et facile ; la constante amitié de mes maîtres multipliait pour moi, sans efforts, les occasions de travail et de succès; les affaires occupaient la plus grande part de mon temps, mais, sans faire ici de confidences inutiles, je puis avouer que plus d'une heure était consacrée au plaisir. J'avais conservé la maison du boulevard Montparnasse ; le souvenir de ma triste enfance l'entourait pour moi d'un charme mélancolique; mais j'habitais rue de Varenne un élégant rez-de-chaussée, qui, décoré surtout par les œuvres de mes amis, pouvait donner aux visiteurs une très haute idée de mon goût. Ma vie, laborieuse le matin, devenait, le soir, insouciante et frivole; plus d'un habitué des coulisses de l'Opéra n'eût pas cru hasarder un jugement téméraire, en me mettant au nombre des jeunes gens riches et désœuvrés en compagnie desquels on me voyait souvent.

Un matin, on m'apporta deux lettres dont les adresses, écrites de la même main, me firent tressaillir. Dans la première, je lus : « Madame Négris a l'honneur de vous faire part du mariage de sa fille, Tiphaine Négris, avec le prince de

Caradoc. Et vous prie d'assister à la bénédiction nuptiale qui leur sera donnée mercredi prochain, huit mai, dans l'église de la Madeleine, » et plus bas, de la même main que les deux adresses : « Tiphaine serait bien heureuse de vous voir à l'église. »

La seconde lettre, rapidement décachetée, contenait la photographie de Tiphaine à l'âge de quatorze ans dans le costume même où je l'avais vue en Auvergne; au bas, de sa petite écriture, plus fine encore que de coutume, elle avait écrit : « Vous m'avez donné un portrait digne de Corrège. Je vous rends ma photographie. Votre débitrice :

» TIPHAINE. »

La physionomie spirituelle et gracieuse de Tiphaine était encore, après cinq années, présente à ma mémoire; un indifférent même n'aurait pu l'oublier; mais quelle singulière fantaisie de songer à moi après un si long temps, quand je n'avais pas fait un pas vers elle !

Sans chercher à m'en rapprocher, ni même à la voir, j'avais recueilli ce que le monde disait de sa famille : M. Négris, son père, était un banquier d'Athènes, qui, fort riche déjà, avait triplé sa fortune en Égypte. Il était venu s'installer à Paris, et y avait épousé, dans une famille d'artistes, une jeune fille charmante à laquelle on prédisait de grands succès au théâtre. Elle avait préféré l'amour du beau grec qui fut le père de Tiphaine. M. Négris, tout en aimant sa femme, n'oubliait pas absolument qu'il avait vécu en Orient. Il l'éloignait du monde dans lequel il était lui-même fort recherché. Capable des grandes affaires, il avait cessé de travailler, non de s'enrichir ; habile à ménager la bienveillance des hommes politiques, souvent leur amitié, il méritait la confiance des financiers par des renseignements exacts et sincères. Lui-même écoutait beaucoup et jugeait les occasions offertes à la fortune avec une clairvoyance rarement en défaut. Sa réputation dans ces voies dangereuses ne reçut aucune atteinte, et quand sa mort laissa Tiphaine vingt fois millionnaire, les plus ingénieux à médire, en reprochant à cette immense fortune de ne rappeler aucune œuvre grande et élevée, lui cherchèrent en vain une origine déloyale ou suspecte ; le nom de Négris était sans éclat, mais sans tache.

La mère de Tiphaine n'avait eu dans sa vie qu'un seul chagrin : la mort de son mari. Elle avait, il est vrai, le don heureux de fermer les yeux sur tous les autres ; bonne avec nonchalance, la fortune ne l'avait éblouie ni changée ; elle parlait peu, toujours avec justesse, souvent avec esprit, trouvant des traits d'autant plus remarqués qu'elle semblait s'éveiller pour les dire. Son regard sans curiosité et sans expression était clairvoyant, et son esprit indolent jugeait avec finesse, à peu près comme elle aurait vu et jugé les scènes d'une pièce de théâtre, sans leur permettre jamais d'altérer l'égalité de son humeur. On lui connaissait peu d'amis intimes, mais on n'eût pas compris qu'elle pût avoir un seul ennemi.

Le mercredi, on le devine, j'étais à la Madeleine ; j'y aperçus peu de connaissances, notre monde n'était pas le même. A midi un quart, Tiphaine entra dans l'église ; grande et svelte, elle avait de la grâce et de la majesté ; sans timidité et sans embarras, son doux et tranquille regard, errant sur le côté gauche de la nef, semblait passer en revue, pour la remercier, la brillante assemblée convoquée pour elle. Elle m'aperçut. Je lus sur son visage un signe de connaissance et d'amitié, tellement imperceptible, tellement inattendu surtout, que je n'osai pas y répondre.

L'ordre d'une narration bien conduite exigerait ici, je ne l'ignore pas, le portrait de la belle Tiphaine et la description de sa toilette. On n'a pas oublié qu'en la voyant pour la première fois, j'avais, par un rapide dessin, traduit mon admiration émue. J'ai dit, sans modestie, combien j'avais réussi, et, sans vanité, combien j'en fus surpris. Mais comment, ami lecteur, placer ici sous tes yeux sa douce et gracieuse image? Aucune description ne saurait l'évoquer, et lors même que ton imagination, échauffée par des épithètes dignes de cette singulière beauté, saurait créer avec quelques-uns des traits exactement décrits de Tiphaine, une figure attrayante et pleine de vie, fille de tes souvenirs et de tes goûts, elle ne saurait ressembler à l'original. Ne vaut-il pas mieux, dans le court récit qui va suivre pour faire comprendre et excuser les émotions qui m'ont enivré et troublé, prier chaque lecteur de prêter à cette beauté attrayante entre toutes les traits et la grâce de la femme aimée dans sa jeunesse. Quant à vous, belle lectrice, j'ose vous supplier, pendant le demi-quart d'heure que vous retiendront les pages suivantes, de vous substituer par la pensée à Tiphaine. Si votre rigidité, que j'honore, vous faisait faire un instant la moue, continuez hardiment la lecture, vous la terminerez sans rougir.

Tiphaine alla s'agenouiller, se prosterner pour ainsi dire, au pied de la chaise préparée pour elle ; le prince, qui la suivait en donnant le bras à madame Négris, était un fort bel homme, jeune encore et de tournure distinguée. Il regarda d'un air mécontent l'attitude incorrecte de Tiphaine, qui, absorbée et comme en extase, semblait ne rien entendre et ne rien voir.

La cérémonie fut longue, et j'attendis longtemps le moment de saluer Tiphaine. Quand mon tour arriva, je m'inclinai devant madame Négris, dont le salut indifférent s'adressa évidemment à un inconnu. Tiphaine me tendit gracieusement la main en me disant : « Merci d'être venu. » Je retrouvai le timbre harmonieux de sa voix qui plus d'une fois depuis cinq ans avait résonné dans ma mémoire.

Un temps plus long encore devait s'écouler avant que je l'entendisse de nouveau.

En sortant de la sacristie, je marchais derrière deux jeunes gens à l'air évaporé et frivole.

— Quel singulier mariage, disait l'un.

— Pourquoi? elle est riche et charmante, on la dit aussi intelligente que belle.

— Tu connais le prince, c'est bien le cadet de ses soucis ; d'ailleurs, la fille d'un Grec et d'une maîtresse de piano, c'est insensé!

— Elle est assez riche pour se payer un prince.

— Il paraît, mais il est homme à manger ses vingt millions. Jamais il ne s'est refusé une fantaisie.

— Eh bien, il peut ce soir s'en passer une assez gentille.

— Qui sait? hier au cercle, toujours bon enfant, il blaguait son mariage avec un entrain charmant : « Et le physique? demande le gros Landel, qui, comme tu sais, parle toujours produit net et prix de revient.

— « Il donne des espérances, répondit le prince, mais, pour mon goût, il lui manque une vingtaine de livres ; j'ai peur de ne pas faire mes frais dans le commencement. »

— Quel joyeux compagnon! répondit l'autre avec admiration...

Je m'éloignai bien triste pour Tiphaine.

L'hiver suivant, je l'aperçus un soir à l'Opéra entre sa mère et la sœur de son mari. Un jeune homme irréprochablement correct, dont la physionomie plaisait, quoique insignifiante, par un air de sincère bonté, était assis dans le fond de la loge. Il se levait de temps en temps, moins soucieux (il me semblait) d'apercevoir la scène que de regarder avec admiration le suave profil de Tiphaine qui, pâle et amaigrie, sans avoir rien perdu de sa grâce, paraissait triste et pensive. Le prince se montra vers la fin d'un acte et disparut sans avoir dit un seul mot. Un quart d'heure après, je vis la belle-sœur de Tiphaine lui désigner une loge d'avant-scène. Tiphaine y dirigea une lorgnette qu'elle détourna aussitôt en conservant son air mélancolique et doux. Je regardai un instant après, et j'aperçus le mari de Tiphaine en conversation fort animée avec la belle madame de P..., femme trop connue de notre ambassadeur dans une des cours du Nord.

Deux ans après, en ouvrant un journal, je fus frappé par les lignes suivantes :

« Un douloureux événement s'est accompli hier place Vendôme : un de nos diplomates les plus éminents (le baron de P.) rentrait chez lui à deux heures du matin après une absence de plusieurs années; il se dirigea vers la chambre de sa femme, et y trouva un inconnu partageant le lit conjugal. Le baron de P..., averti, dit-on, par une lettre anonyme, portait un révolver dont il déchargea les quatre balles dans la tête du complice de sa femme, et, la laissant seule avec le cadavre, alla à l'hôtel Meurice pour y attendre l'heure de faire sa déclaration. »

Quelques lignes plus bas on lisait : « Des renseignements que nous croyons certains désignent le prince de C... comme la victime du drame de la place Vendôme. »

C'était le mari de Tiphaine.

Dans ma sympathique compassion pour cette charmante et malheureuse jeune femme, j'écrivis pour elle une lettre qui partait du cœur. Je la relus et la trouvai trop familière. J'en essayai une autre que je trouvai trop froide, et, à la réflexion, je les déchirai toutes deux. Tiphaine quitta Paris avec madame Négris. Son nom pendant plusieurs années ne fut pas prononcé devant moi.

J'avais passé la quarantaine, et perdu depuis longtemps l'ardeur de la jeunesse. Je pensais souvent à Tiphaine, mais sans émotion et sans trouble. Un matin je trouvai sur ma table une lettre élégante dont l'adresse écrite avec une rare perfection ne me rappelait aucun souvenir. Je lus :

« Monsieur, ma fille, la princesse de Caradoc, aurait grand désir de vous consulter ; elle vous serait reconnaissante de lui faire savoir quel jour vous voudrez bien avoir l'extrême bonté de vous présenter chez elle. Veuillez recevoir d'avance ses remerciements et les miens.

» Adeline Négris. »

Le lendemain, à trois heures, je sonnais à la porte d'un somptueux hôtel. Un suisse, sur le vu de ma carte, m'accompagna jusqu'au grand escalier en haut duquel deux laquais en livrée m'attendaient debout. Conduit par l'un d'eux, je traversai une galerie ornée de tableaux anciens et modernes, tous de premier ordre : des bronzes, des ivoires et des objets précieux de tout genre étaient exposés dans d'élégantes vitrines. Je remarquai avec étonnement le modèle, parfaitement exact, du cloître d'Auvergne dont les ruines, minutieusement étudiées, avaient, dix ans avant, charmé la petite Tiphaine. Une porte masquée par une riche tapisserie me donna accès dans un frais boudoir. Tiphaine m'y attendait seule. Elle me tendit la main.

— Sachez, Monsieur, me dit-elle, que je n'oublie jamais mes amis, et, depuis bien longtemps, je vous compte au nombre des meilleurs.

— Je suis fier, Madame, d'un tel honneur et désireux de m'en montrer digne. Je remercie madame votre mère d'avoir compté sur mon zèle; il vous est acquis depuis longtemps.

— Monsieur, répondit Tiphaine avec quelque embarras, j'ai le désir de faire construire et je serais heureuse d'obtenir vos conseils.

— De quelle nature sont vos projets?

— Faut-il vous avouer que je l'ignore encore. Je vis depuis deux ans attristée et seule, dans une propriété où ma mère partage mon isolement. Je voudrais la transformer et l'embellir pour animer notre vie trop monotone.

Je promis d'attendre ses ordres.

— Mais je compte précisément sur vous, dit-elle, pour me faire découvrir ce que je dois vouloir. Vous consentirez, j'espère, à nous accorder une semaine.

— Mes semaines ne m'appartiennent

pas d'ici longtemps, lui dis-je. Je pourrais tout au plus, si votre propriété n'est pas trop éloignée, disposer d'une journée.

— On peut s'y rendre en quatre heures.

— Eh bien, Madame, jeudi prochain, j'arriverai par le premier train. Ne suis-je pas docile et dévoué?

— Vous m'accordez bien peu, répondit Tiphaine avec une gracieuse aisance. Je vous remercie cependant. Une seule journée peut, vous le voyez, laisser de longs souvenirs.

— A jeudi, Madame, je serai exact, comme je dois l'être en ce moment à un rendez-vous d'affaires.

Elle me rendit affectueusement, mais sans familiarité, le profond salut par lequel je pris congé d'elle.

Le jeudi, à onze heures du matin, une voiture attelée de deux chevaux vigoureux m'attendait à la station située à une lieue du château. Un laquais en livrée, prononçant respectueusement mon nom, m'invita à y monter. Deux voyageurs seulement descendaient du train. Le second était un vieux prêtre à la physionomie ouverte et d'aspect vénérable. A peine étais-je installé qu'il s'écria :

— N'est-ce pas la voiture de Tiphaine?

— Oui, monsieur le curé, c'est la voiture de madame la princesse.

— Je monte alors, si monsieur le permet. Justement je suis chargé...

Et, sans attendre ma réponse, il ouvrit la portière, se plaça à côté de moi, étendit son petit paquet sur l'autre banquette, et ferma soigneusement la glace en disant :

— Ne craignez-vous pas le froid du matin? Monsieur, ajouta-t-il, est un ami de ces dames?

— J'ai l'honneur d'être leur architecte.

— Qu'est-ce donc que Tiphaine fait construire?...

— Je viens ici pour l'apprendre.

— Quelque maison de paysan, sans doute, qu'elle veut relever. Elle est si bonne! Donner n'est rien quand on est aussi riche; mais la charité est dans son cœur. Elle donne une robe à une gardeuse de vaches, d'un air aussi affable qu'un bouquet à une de ses amies. Son titre de princesse ne l'a pas rendue fière. Tout le monde ici l'appelle Tiphaine; c'est sous ce nom que jeunes et vieux ont souffert de ses chagrins et pris part à sa tristesse. Si je pouvais vous dire! Mais ce serait presque trahir le secret de la confession; la pauvre enfant s'impute à faute le bien qu'elle fait et que toujours elle trouve incomplet; si on encourageait son ardeur au bien, elle y épuiserait ses richesses et deviendrait la plus pauvre du pays.

J'étais heureux d'entendre ce bavardage, Tiphaine était généreuse et bonne, je l'apprenais sans étonnement, mais non sans plaisir. Le curé me quitta à l'entrée du village : une avenue de chênes séculaires conduisait à la cour d'honneur d'un admirable château restauré avec goût et conscience. Madame Négris et sa fille m'attendaient à la porte d'une galerie conduisant dans le parc. Près de Tiphaine, dans un costume dont la négligence semblait soigneusement réglée par la mode, se tenait le jeune homme que j'avais aperçu dans sa loge à l'Opéra.

— C'est une telle résidence, Madame, dis-je à Tiphaine après les premières salutations, que vous voudriez embellir? Tout y semble harmonieux, marqué au meilleur coin, et du style le plus pur ; enlever une pierre serait une offense au bon goût; changer un balustre, une véritable trahison de l'art.

— Je suis charmée, s'écria madame Négris, que Monsieur te le dise ; Camille avait raison ; ta fantaisie n'est pas raisonnable.

— Permettez-moi d'abord, me dit gracieusement Tiphaine, de vous présenter mon ami Camille ; nos cerceaux, dit-elle, ont souvent roulé ensemble sur cette terrasse. Tout ici lui rappelle, comme à moi, de bons souvenirs d'enfance ; mais je ne veux ni les détruire, ni transformer le château ; c'est dans le parc qu'on pourrait peut-être placer utilement quelques constructions nouvelles. Si tu veux, Camille, nous y conduirons Monsieur cette après-midi.

— C'est tout au plus, répondit Camille, si je pourrai déjeuner avec vous.

— On ne t'a accordé qu'une permission d'une heure? dit en riant Tiphaine.

— Je n'ai pas vu ma mère ce matin, et je craindrais de l'inquiéter.

Camille était irréprochablement bien élevé, aussi correct dans ses paroles que dans son costume. Réservé en toutes choses, il ne visait qu'au bon sens, et semblait croire que, quand on a trouvé le plus raisonnable, personne ne peut hésiter à l'approuver et à le suivre. Sa conversation, quoique banale, avait un mérite assez rare : il désirait être aimable, sans chercher nullement à briller. Assez intime dans la maison pour m'en faire les honneurs, il me raconta l'histoire du château qu'il savait mal. Tiphaine le rectifiait en souriant.

— Si j'avais retenu tout ce que j'ai su sur ton château depuis que j'en entends parler, je pourrais, dit-il avec bonne humeur, en remontrer à un bénédictin. En ton absence, je suis un cicérone assez passable ; mais, devant toi, devant Monsieur surtout, mon ignorance me fait honte et brouille mes souvenirs. Je te laisse le soin d'achever mon histoire. Tu sais tout, et Monsieur devine tout. Vous vous entendrez à merveille.

Dès la fin du déjeuner, Camille se dirigea vers la cour.

— J'ai fait atteler, dit Tiphaine. Veux-tu qu'on te reconduise ?

— Tu es toujours bonne; j'accepte, car tu sais que ma mère me croit perdu, quand je la laisse déjeuner sans moi.

Le prompt retour de la voiture, en m'apprenant que Camille était un proche voisin, m'expliqua cette intimité avec Tiphaine, qui remontait à leur première enfance.

— Veux-tu maintenant, petite mère, dit Tiphaine à madame Négris, que nous promenions Monsieur dans le parc?

— Pour moi, chère enfant, cela n'est pas possible, et Monsieur voudra bien m'excuser. On sait notre retour, et j'attends plus d'une visite ; il faut mettre un peu d'ordre dans le salon; mais voici la voiture, tu peux visiter tous les coins du parc, et montrer à Monsieur tous les points de vue.

Tiphaine dit quelques mots au cocher, et, ouvrant elle-même la portière, m'invita à monter auprès d'elle. Elle salua sa mère de la main, et nous partîmes.

Après quelques minutes d'une conversation banale, relative à ses vagues projets :

— Vous savez, me dit-elle, combien j'ai été malheureuse ?

— J'ai pris, madame, une part bien sympathique à l'horrible malheur qui vous a frappée.

— On y a compati sans en deviner toute l'amertume, car j'ai souffert silencieuse et seule. Plus mon âme était triste, plus mon visage était gai. J'ai traversé de cruelles épreuves, sans inquiéter une seule fois la tendresse de ma mère.

— Est-il possible, madame, que votre mari, égaré un instant, n'eût pas au fond, pour vous, le respect et l'affection dont vous êtes si digne ?

Sans répondre à cette interruption banale, Tiphaine continua :

— La bénédiction nuptiale devait, dans mes idées de jeune fille, comme une rosée de grâces, verser dans nos cœurs un amour inaltérable et pur. L'idée que mon époux pût ne pas m'aimer n'avait même pas traversé mon esprit. C'est mon amour pour lui que je demandais au ciel, non le sien. Mais je m'étais trop orgueilleusement appréciée ; il me jugeait indigne d'une si haute alliance ; ma fortune, due au travail de mon père, était une tache originelle qu'il ne pardonnait pas, quoique fort empressé d'en jouir ; mes idées sérieuses l'irritaient ; il ne comprenait ni mes habitudes, ni mes goûts. Plaire à mon mari me sembla un devoir ; d'autres femmes l'attiraient ; son visage, près de moi ennuyé et sombre, se déridait à leur aspect. Faisant violence à ma nature jusque-là enthousiaste et rêveuse, et oubliant toute fierté, je m'appliquai à les comprendre et à les imiter. Déguisant mon âme pour le forcer à m'aimer, j'étonnai mes plus intimes amies par la perfection d'une dangereuse imitation ; lui seul ne daigna pas s'en apercevoir. Son indifférence ne fut ni mon seul châtiment ni le plus amer. La subtile contagion d'une gaieté frivole et fausse a pénétré jusqu'à mon cœur. On peut aisément s'abaisser et déchoir, pour se relever il faut de longs efforts. Une inséparable étrangère que j'appelle la mauvaise Tiphaine est entrée en moi. Je la maîtrise sans pouvoir la chasser; elle occupe mon esprit contre mon gré, et s'échappe quelquefois pour prononcer, dans l'étrange confusion de mes pensées, des paroles qui me font rougir ; ma mère appelle ce trouble, qu'elle ne veut pas croire involontaire et irrésistible, l'explosion de mon ton mauvais sujet.

J'écoutais avec étonnement les étranges confidences de ce cœur oppressé. « Pourquoi, me disais-je, cet épanchement ingénu? Est-ce comédie? dans quel but? Sincérité confiante? à quel titre? » Ma sympathie pour la belle Tiphaine n'était pas altérée, mais le soupçon d'une scène admirablement jouée, en occupant mon esprit, y laissait peu de place à l'émotion.

— Vous voyez, cher ami, continua-t-elle, permettez-moi de vous donner ce nom, quels chagrins ont brisé le cœur de la pauvre Tiphaine. On lui prédisait tous les bonheurs ; les humiliations ont été son partage. Après des jours de résignation et de courage, j'ai parfois des moments de révolte, comme une blessée qui veut guérir, mon âme rappelle le passé, évoque les jours heureux de mon enfance, recherche mes premiers désirs et mes premières pensées pour leur demander une espérance et un secours. Un instinct impérieux la conduit bien souvent vers notre rencontre en Auvergne, dont dix années d'éloignement et de silence ont laissé l'impression vive et entière.

Et tournant vers moi ses yeux tranquilles et doux, elle ajouta avec une émotion croissante :

— La petite Tiphaine à qui l'on a rendu le triste service de réaliser tous ses rêves, sans combattre jamais, sans remarquer même la bizarrerie de ses caprices, a souhaité et demandé pendant de longues années l'occasion de renouveler l'impression reçue par les heures trop courtes passées près de vous. On m'a refusé pour la première fois, et, loin de m'en distraire, le temps et l'éloignement ont rendu mon désir plus impérieux, et mon souvenir plus vivace et plus cher. Lorsque mon cœur, meurtri et accablé par-dessus ses forces, n'avait plus ni volonté ni espérance, il me semblait que votre présence lui serait douce, et votre amitié précieuse. Libre aujourd'hui, et rendue hardie par le malheur, je vous prie d'accorder à la princesse de Caradoc l'intimité affectueuse dont vous avez, à l'âge de quatorze ans, honoré un jour la petite Tiphaine ; c'est là, après bien des hésitations et des doutes, ce que j'ai cherché l'occasion de vous dire. Vous avoir pour ami a été le rêve de mon enfance. Suis-je trop ambitieuse aujourd'hui de vouloir le réaliser?

Je n'avais pas vécu dans un monde bien sévère. Un aveuglement irréfléchi osa rapprocher la candide et honnête Tiphaine des tristes héroïnes de quelques aventures de jeunesse; un conseil détestable, donné par Stendhal à Mérimée, qui nous l'a transmis, me revint en mémoire et endurcit mon cœur!

J'enlaçai Tiphaine de mon bras et l'attirai doucement. Elle ne résista pas; et me penchant vers son visage affectueux et confiant, je posai mes lèvres sur les siennes. Elle recula comme piquée par une vipère. Pâle, l'œil terne, immobile, mais frissonnante, elle ne prononça pas une parole. Son visage exprimait plus que la colère, l'humiliation d'une insulte vivement ressentie. Interdit et confus, je rentrai en moi-même et compris avec angoisse le ridicule d'une aussi impertinente folie, et l'indignité d'un tel affront.

— Je suis impardonnable, lui dis-je, je vous ai offensée et méconnue. J'accepterai l'expiation que vous m'imposerez. Je suis prêt à tout ; j'ai tout mérité. Cette minute me fera souffrir bien longtemps. Oubliez-la, je vous prie ; pour moi, je ne l'oublierai jamais. Votre silence est cruel. Je mérite votre colère, non votre mépris. Me trouvez-vous indigne de vos reproches ?

Tiphaine, sans me voir et sans m'entendre, prolongeait son implacable et morne silence ; l'impatience chez moi succéda à la consternation. J'ajoutai avec plus d'assurance :

— Répondez-moi, Madame, j'ai droit à une réponse ; ma conduite est odieuse. Je la déplore et n'aurai pas l'audace de l'excuser ; mais soyez franche et juste ; il y a des circonstances atténuantes. Croyez-vous être la seule dont l'âme se dédouble et s'égare ?

— Vous m'avez cruellement blessée, répondit Tiphaine calme et triste, vous le savez, pourquoi me forcer à vous le dire?

Puis elle secoua la tête, et changeant de physionomie et de ton, comme transformée et poussée par un ressort, elle ajouta avec un étrange sourire :

— Moi qui mettais en vous tant de confiance, qui, pour m'aider et me soutenir, pour me réconcilier avec moi-même, espérais vos conseils, et attendais votre appui! Vous n'êtes pas plus rigide que ma mère. Elle me disait l'autre jour : « Tu es veuve, tu es libre, fais ce que tu voudras, pourvu que je n'en sache rien. » La seule différence, c'est que ce qu'elle veut ignorer vous seriez bien aise de le savoir. Tenez, ajouta-t-elle, voilà la mauvaise Tiphaine qui me saisit et m'obsède. Je ne suis ni maîtresse ni responsable de mes paroles. Et, son cœur contracté se détendant, elle fondit en larmes.

Tiphaine se remit promptement, avec moi désormais elle se sentait en sûreté. Au risque de réveiller douloureusement le souvenir que je voulais effacer pour toujours, j'osai lui dire :

— Me pardonnez-vous, Tiphaine ?

— Il le faut bien, dit-elle d'un ton triste et sérieux.

— Le remords de cette triste et ridicule aventure restera sur mon cœur comme un poids d'amertume. Vous seule pouvez l'adoucir et l'effacer. Embrassez-moi en ami, comme j'aurais pu vous embrasser, j'en suis sûr, sans vous offenser.

Sans hésiter, elle me tendit le front. J'y déposai un baiser respectueux. Enlaçant alors mon cou de ses bras, elle me rendit mon baiser, et laissant à sa voix l'accent de pénétrante et cordiale bonté que la bonne Tiphaine ne pouvait retenir :

— Vous avouerez, dit-elle, que je fais bien les choses. Vous êtes protégé dans mon cœur par le souvenir longtemps caressé d'un beau rêve ; c'est un appui solide puisqu'il a résisté à une secousse si inattendue et si rude ; mais ne recommencez pas l'épreuve, car je le sens cruellement ébranlé.

Je n'eus pas le temps de répondre. La voiture s'arrêta tout à coup. Madame Négris venait au-devant de nous accompagnée de quelques amis. Tiphaine, dont le visage avait repris toute sa sérénité, se montra gracieuse et gaie.

— Eh bien, Tiphaine, lui dit un des visiteurs, vous voulez donc embellir le château et bouleverser le parc ?

— Monsieur, dit Tiphaine en me regardant, m'a fait comprendre que mes projets n'étaient pas raisonnables.

Les visites se succédèrent. Tiphaine fut affable avec tous ; spirituelle et gaie avec quelques-uns, réservant, chose singulière, les rares explosions de son ton mauvais sujet pour les personnages les plus graves et les moins disposés sans doute à l'approuver. Je partis à cinq heures comme il était convenu. Elle ne fit pour me retenir que des efforts de politesse banale et me reconduisit jusqu'à la voiture sans avoir fait une seconde allusion à notre étrange promenade.

# IV

## IV

Mon admiration pour Tiphaine, depuis longtemps tempérée par l'absence et par mes quarante ans, me revenait au cœur et m'enivrait dans la douce espérance d'une possession assurée. Les scrupules de morale, je l'avoue, m'arrêtaient beaucoup moins que la crainte de froisser cette âme aussi noble que tendre. Un mariage avec elle me semblait impossible, et, il faut être franc, je ne désirais pas en braver les dangers. Je voulais avant tout, pour conformer ma conduite aux désirs avoués ou secrets de Tiphaine, percer le voile aux changeantes couleurs qui cachait les orages de son cœur. Vaguement inquiète de sa jeunesse, elle aspire, me disais-je, à d'honnêtes consolations qui, le jour venu, n'auront pas à subir l'épreuve d'un examen trop sévère ; son ton mauvais sujet est un symptôme, et les confidences de la bonne Tiphaine, une promesse de la mauvaise qui est charmante, et, quoi qu'elle en dise, indomptée. Mon imagination, égarée dans cette voie, arrangeait avec des frémissements de bonheur des rendez-vous secrets dans ma petite maison du boulevard, ornée pour une telle fête, et rendue digne d'un tel trésor.

Je ne sais quel instinct de clairvoyance morale réprimait ces indignes transports. La franche et loyale Tiphaine, me disais-je, ne peut être une coquette impudente et vulgaire, et sa cruelle déception, quand je m'y suis trompé, n'était ni préparée, ni feinte. Sa généreuse indulgence laisse voir la confiance d'une âme candide. Sa sympathie est née de souvenirs qui n'appartiennent qu'à l'esprit. Si elle m'aime, c'est par l'esprit seulement ; il serait monstrueux de profaner une seconde fois cette âme honnête et pure, sans excuse désormais contre sa colère de colombe.

Plus d'une fois, non sans trouble, je m'endormis sur ces sages réflexions, impuissantes à éloigner l'image de Tiphaine qui, cinq minutes après, descendait du ciel en costume de houri, pour reposer sur mon cœur obstiné dans ses convoitises. La lutte dura plusieurs semaines. Prenant enfin le mauvais parti, en échange de l'amitié qu'elle m'avait demandée, j'osai compter sur son amour. La mutuelle sympathie qui, depuis dix ans déjà, m'unissait à cette femme si gracieuse et si bonne, n'avait-elle pas préparé nos cœurs à se fondre l'un dans l'autre au premier contact ? Lorsque le mien, depuis longtemps endormi par l'âge, se réveillait profondément ému, pouvais-je douter de celui de Tiphaine ?

Confiant dans l'avenir, j'attendais avec impatience ; les semaines s'écoulaient cependant, j'allai prendre des nouvelles à l'hôtel de Tiphaine ; ces dames avaient traversé Paris, et passaient l'hiver à Florence.

Ce brusque départ ébranla ma confiance, mais accrut mon amour. La douce admiration qui naguère me laissait si tranquille, transformée par l'espoir et excitée par une subite déception, devenait une passion véritable ; mon ardeur était celle d'un jeune homme de vingt ans ; la raison cependant parlait assez haut pour se faire obéir. Écrire à Tiphaine me parut impossible ; rien, depuis dix ans, n'avait révélé ma sympathie pour elle ; mon amour subit était invraisemblable, elle ne pourrait attribuer tout effort pour la rappeler, ou toute tentative pour la suivre, qu'au désir brutal de jouir d'une bonne fortune entrevue ou à l'ambition moins noble encore de partager un jour ses millions. Je ne pouvais m'exposer à un tel soupçon. Il fallait attendre et se taire. Je passai un triste hiver.

Prenant le travail pour prétexte, j'avais réduit mes relations de société aux devoirs imposés par la politesse. Les lettres s'accumulaient sur mon bureau jusqu'au jour où leur nombre, sans me donner la curiosité de les lire, m'imposait la nécessité d'y répondre. Un jour, d'une main distraite, j'ouvris une lettre de faire part envoyée de Paris, mais datée de Florence; elle annonçait le mariage de Tiphaine et de Camille. Plus d'une fois, je l'avoue, le souvenir de l'insignifiant et correct Camille s'était associé dans mon esprit avec une vague jalousie à l'image admirée de Tiphaine. J'avais écarté la pensée de leur union comme impossible autant qu'importune. L'accent indifférent, voisin de l'ironie, avec lequel Tiphaine m'avait parlé de cet excellent fils, de cet excellent voisin et de cet excellent ami, me l'avait montrée bien éloignée de voir en lui un excellent mari. Si elle y eût pensé, d'ailleurs, notre conversation dans le parc eût-elle été possible ? Camille ne pouvait lui convenir ; je le sentais avec force en présence de la réalité qui me donnait tort. En interrogeant les replis secrets de mon cœur, je pouvais me reprocher cependant de ne pas l'avoir assez bien compris, lorsque cela certainement était vrai encore. Ma ridicule audace avec Tiphaine, la subite explosion d'une passion, qu'un quart d'heure avant je ne m'avouais pas à moi-même, n'avait-elle pas eu pour cause, en partie au moins, la jalousie éveillée par ce fiancé vaguement pressenti, par cet amoureux entrevu à travers l'intimité d'un ami d'enfance ? N'aurais-je pas dû, dès lors, regarder le succès de Camille comme certain ? Pouvait-on voir Tiphaine sans en être amoureux ?... Pouvait-on être admis chaque jour à plaider sa cause devant ce cœur si généreux et si bon, sans l'attendrir par des accents sincères? Une irrémédiable tristesse succédait dans ma vie au beau rêve si follement caressé, et l'année s'écoula sans que mon cœur meurtri consentît à s'en distraire.

Une attraction irrésistible me faisait bien souvent prendre le chemin le plus long pour apercevoir sur ma route les fenêtres de l'hôtel de Tiphaine; un jour enfin elles s'ouvrirent, et une animation subite annonça son prochain retour. En continuant cette ridicule inspection, devenue sans que j'osasse me l'avouer ma plus pressante préoccupation, un matin, je vis Tiphaine sortir dans un riche équipage; assise près de Camille, elle l'écoutait avec un doux sourire.

Avais-je le droit d'être jaloux? Est-ce là une question à se faire? On a toujours le droit d'être malheureux, mais non pas, hélas! celui de se plaindre. Je fermai ma porte pendant plusieurs jours pour dompter dans la solitude la ridicule folie qui m'irritait.

Lorsqu'une violente émotion nous tourmente, chaque résolution prise, abandonnée et reprise, laisse subsister le doute et redouble la douleur. Heureux celui dont la raison aperçoit clairement la meilleure voie; j'eus bientôt ce bonheur. Si j'avais eu vingt ans, l'absence aurait pu seule me rendre le calme et l'oubli : mon esprit, heureusement, plus vieux que mon cœur, sut le maîtriser et l'endormir. Tiphaine, en me pardonnant, ne m'avait rien promis. Je n'avais ni le droit de la blâmer, ni celui de changer pour elle; l'oubli eût été blessant, l'indifférence même eût aggravé, en trahissant un dépit secret, le souvenir qu'elle avait si généreusement consenti à effacer. Je pris le parti de lui écrire quelques mots affectueux et très simples. En la remerciant d'avoir songé à m'apprendre son mariage, je lui demandais la permission de porter moi-même mes félicitations à deux amis sur lesquels je comptais désormais comme ils pouvaient compter sur moi. Tiphaine me répondit immédiatement. « Vous avez raison, me disait-elle, de compter sur l'amitié de Camille ; les amis de Tiphaine sont désormais les siens. »

Tiphaine me reçut sans embarras. Son doux et limpide regard semblait m'interroger.

— Je vous ai demandé votre amitié, dit-elle, merci de me l'avoir conservée.

Rassurée par ma froideur apparente et voulue, elle me traita comme un vieil ami, et elle aurait pu, en effet, lire dans mes plus secrètes pensées sans y rien entrevoir qui l'alarmât.

Grâce à mon assiduité, gracieusement

encouragée par Camille, je pus connaître et apprécier chaque jour davantage les admirables qualités de cœur et d'esprit et l'inépuisable bonté que ma vive affection, désormais respectueuse et pure, ne fut jamais tentée de mettre à l'épreuve chez Tiphaine ; un souvenir pénible restait entre nous, comme une barrière utile encore pour moi pendant un temps que je n'ose dire. Elle était mère depuis longtemps déjà, et sa charmante petite Georgina balbutiait déjà le nom de son parrain Georges, lorsque, dans les allées mêmes du parc témoin de ma folie, j'osai la rappeler à Tiphaine :

— Votre bonne et précieuse amitié, cache-t-elle, lui dis-je, l'oubli ou le pardon ?

Pour la première fois, je vis Tiphaine rougir et hésiter ; mais, reprenant bientôt son air tranquille et doux :

— La scène à laquelle vous faites allusion a eu, dit-elle, trop d'influence sur ma vie pour que je puisse jamais l'oublier. Elle a décidé mon mariage. Mécontente de vous, et honteuse de moi-même, j'ai quitté la France pour fuir une situation douloureuse et que je ne pouvais pas comprendre. J'avais cru parler à l'ami dévoué, à l'homme excellent et loyal que mon imagination avait deviné. Je ne m'étais pas trompée, je le sais aujourd'hui. Pouvais-je l'espérer alors ? Ma confiance était détruite ; cinq années d'une bonne et tranquille amitié n'ont pas été de trop pour la faire renaître. Sûrs l'un de l'autre désormais, nous pouvons tout nous dire et tout écouter sans danger et sans crainte. Mon imagination, pourquoi vous le cacher, avait exalté et idéalisé votre image. Avais-je pour vous de l'amour ? Je l'ignore, mais je serai sincère en avouant que tout au moins j'espérais en avoir un jour. Une première et cruelle déception, sans me rendre défiante, m'avait laissée craintive. Comment prévoir en effet qu'une aussi douloureuse exception pût se rencontrer deux fois sur ma route? Comment aussi ne pas la craindre en voyant votre conduite? Profondément troublée dans les premiers moments, ma parole ne pouvait traduire ma pensée. J'étais franche en vous pardonnant, mais les sentiments les plus contraires occupaient à la fois mon esprit et mon cœur. J'ai fui pour vous cacher les plus amers. Je connaissais Camille depuis l'enfance. Je pouvais l'accueillir sans jouer une seconde fois ma vie; de son cœur tendre et timide, je n'avais aucun chagrin à craindre, de sa délicatesse, aucun froissement à redouter. Mon bonheur près de lui s'accroît chaque jour, et votre amitié, dont je n'avais pas exagéré le prix, y contribue par la douce confiance dont vous êtes digne.

Je lui pressai la main sans répondre, car, pour mériter sa confiance, je dois cacher à tous, à elle surtout, que si notre mutuelle sympathie et notre tendre amitié accroissent le bonheur de Tiphaine, en adoucissant mon chagrin, elles renouvellent chaque jour mes regrets.

FIN.

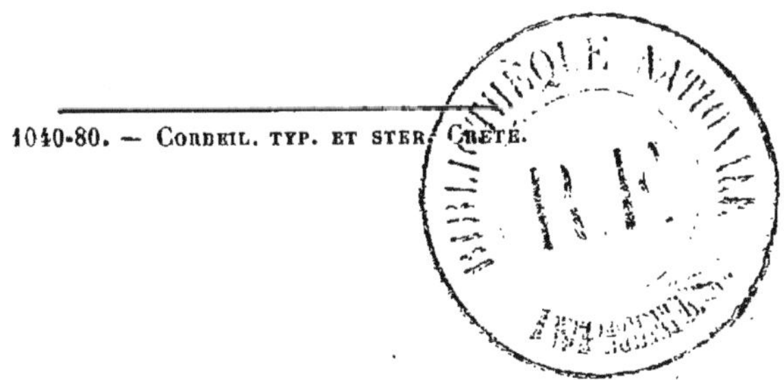

1040-80. — CORBEIL. TYP. ET STER. CRÉTÉ.

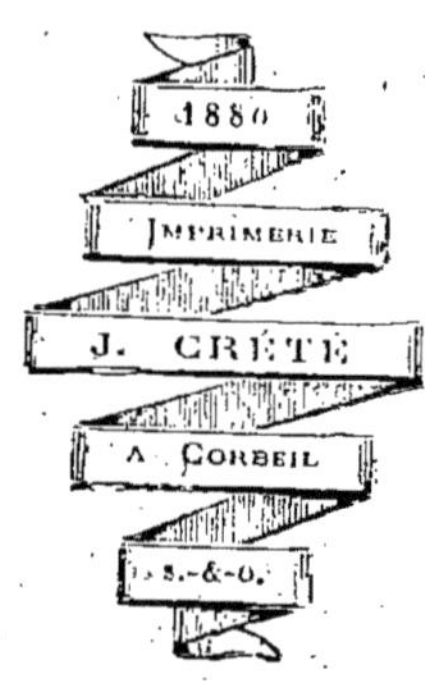
1880
Imprimerie
J. CRÉTE
A Corbeil
(S.-&-O.)

www.ingramcontent.com/pod-product-compliance
Ingram Content Group UK Ltd.
Pitfield, Milton Keynes, MK11 3LW, UK
UKHW022115190726
13855UKWH00003B/876

9 782013 069182